ROALD DAHL

Fantastique
Maître Renard

ILLUSTRÉ PAR TONY ROSS

GALLIMARD

1
Les trois fermiers

Dans la vallée, il y avait trois fermes. Les propriétaires de ces fermes avaient bien réussi. Ils étaient riches. Ils étaient aussi méchants. Mais tous trois n'étaient ni plus méchants ni plus mesquins que d'autres. Ils s'appelaient Boggis, Bunce et Bean.

Boggis élevait des poulets. Il avait des milliers de poulets. Il était horriblement

gros. Cela, parce qu'il mangeait tous les jours au petit déjeuner, au déjeuner et au dîner, trois poulets cuits à la cocotte avec des croquettes.

Bunce élevait des oies et des canards. Il avait des milliers d'oies et de canards. C'était une espèce de nabot ventripotent. Il était si petit que, dans le petit bain d'une piscine, il aurait eu de l'eau jusqu'au menton. Il se nourrissait de beignets et de foies d'oies. Il écrasait les foies et fourrait les beignets de cette bouillie infâme. Ce régime lui donnait mal à l'estomac et un caractère épouvantable.

Bean avait des dindes et des pommes. Il élevait des milliers de dindes dans un verger plein de pommiers. Il ne mangeait jamais. Par contre, il buvait des litres d'un cidre très fort qu'il tirait des pommes de

son verger. Il était maigre comme un clou et c'était le plus intelligent des trois.

Bunce, Bean, Boggis,
Le gros, le maigre, le petit,
Laids comme des poux
Sont de vilains grigous !

Voilà ce que chantaient les enfants du voisinage en les voyant.

2
Maître Renard

Au-dessus de la vallée, sur une colline, il y avait un bois.

Dans le bois, il y avait un gros arbre.

Sous l'arbre, il y avait un trou.

Dans le trou vivaient Maître Renard, Dame Renard et leurs quatre renardeaux.

Tous les soirs, dès que la nuit tombait, Maître Renard disait à son épouse :

– Alors, mon amie, que veux-tu pour dîner ? Un poulet dodu de chez Boggis ? Un canard ou une oie de chez Bunce ? Ou une belle dinde de chez Bean ?

Et lorsque Dame Renard lui avait dit ce qu'elle voulait, Maître Renard se faufilait

vers la vallée, dans la nuit noire,
et se servait.

Boggis, Bunce et Bean savaient
très bien ce qui se passait et cela
les rendait fous de rage.
Ils n'étaient pas hommes
à faire des cadeaux.
Ils aimaient encore
moins être volés. C'est
pourquoi toutes les nuits chacun prenait
son fusil de chasse et se cachait dans un
recoin sombre de sa ferme avec l'espoir
d'attraper le voleur.

Mais Maître Renard était trop malin
pour eux. Il s'approchait toujours d'une
ferme face au vent. Si quelqu'un était tapi
dans l'ombre, il sentait de
très loin son odeur, appor-
tée par le vent. Par exemple,
si M. Boggis se cachait

derrière son poulailler numéro 1, Maître
Renard le flairait à une cinquantaine de

mètres et, vite, il changeait de direction, filant droit vers le poulailler numéro 4, à l'autre bout de la ferme.

— La peste soit de cette sale bête ! criait Boggis.

— Comme j'aimerais l'étriper ! disait Bunce.

— Tuons-le ! aboyait Bean.

— Mais comment ? demanda Boggis, comment diable attraper l'animal ?

Bean se gratta légèrement le nez de son long doigt.

— J'ai un plan, dit-il.

– Tes plans n'ont jamais été très bons jusqu'à présent, dit Bunce.

– Tais-toi et écoute, dit Bean. Demain soir, nous nous cacherons tous devant le trou où vit le renard. Nous attendrons qu'il sorte. Et alors... pan ! pan ! pan !

– Très intelligent, dit Bunce, mais d'abord nous devons trouver le trou.

– Mon cher Bunce, je l'ai trouvé, dit ce futé de Bean. Il est dans le bois, sur la colline. Sous un gros arbre...

3
La fusillade

– Alors, mon amie, demanda Maître Renard, que voudras-tu pour dîner ?

– Eh bien, ce soir, ce sera du canard, répondit Dame Renard. Veux-tu bien nous rapporter deux canards dodus, un pour toi et moi, un pour les enfants ?

– Va pour des canards ! dit Maître Renard. Chez Bunce, c'est le mieux !

– Fais bien attention, dit Dame Renard.

– Mon amie, je peux sentir ces crétins à un kilomètre, dit Maître Renard. J'arrive même à les reconnaître chacun à leur odeur. Boggis dégage une odeur répugnante de poulet avarié. Bunce empeste les foies d'oies. Quant à Bean, des relents de cidre flottent dans son sillage comme des gaz toxiques.

– Oui, mais sois prudent, dit Dame Renard. Tu sais qu'ils t'attendent, tous les trois.

– Ne t'inquiète pas pour moi, dit Maître Renard. A bientôt !

Maître Renard n'aurait pas été si sûr de lui s'il avait su exactement *où* l'attendaient les trois fermiers, à l'instant même. Ils se trouvaient juste devant l'entrée du terrier, chacun tapi derrière un arbre, le fusil chargé. Et, de plus, ils avaient très soigneusement choisi leur place, après s'être assurés que le vent ne soufflait pas vers le terrier, mais en sens contraire. Ils ne risquaient pas d'être trahis par leur odeur.

Maître Renard grimpa le tunnel obscur jusqu'à l'entrée de son terrier. Son beau museau pointu surgit dans la nuit sombre et il se mit à flairer.

Il avança d'un centimètre ou deux et s'arrêta.

Il flaira une autre fois. Il était toujours particulièrement prudent en sortant de son trou.

Il avança d'un autre centimètre. Il était à moitié sorti, maintenant.

Sa truffe frémissait de tous côtés, humant, flairant le danger.

Sans résultat. Au moment même où il allait filer au trot dans le bois, il entendit ou crut entendre un petit bruit, comme si quelqu'un avait bougé le pied, très, très doucement sur un tapis de feuilles mortes.

Maître Renard s'aplatit par terre et s'immobilisa, oreilles dressées. Il attendit un long moment, mais on n'entendait plus rien.

« Ce devait être un rat des champs, se dit-il, ou une autre petite bête. »

Il se glissa un peu plus hors du trou... puis encore un peu plus. Il était presque tout à fait dehors, maintenant. Il regarda attentivement autour de lui, une dernière fois.

Le bois était sombre et silencieux. Là-haut, dans le ciel, la lune brillait.

Alors, ses yeux perçants, habitués à la nuit, virent luire quelque chose derrière un arbre, non loin de là. C'était un petit rayon de lune argenté qui scintillait sur une surface polie. Maître Renard l'observa, immobile. Que diable était-ce donc ? Maintenant, cela bougeait. Cela se dressait...

Grand Dieu ! *Le canon d'un fusil !*

Vif comme l'éclair, Maître Renard rentra d'un bond dans son trou et, au même instant, on eût dit que la forêt entière explosait autour de lui. *Pan-pan-pan ! Pan-pan-pan ! Pan-pan-pan !* La fumée des trois fusils s'éleva dans la nuit. Boggis, Bunce et Bean sortirent de derrière leurs arbres et s'approchèrent du trou.

– On l'a eu ? demanda Bean.

L'un d'eux éclaira le terrier de sa torche électrique. Et là, sur le sol, dans le rond de lumière, dépassant à moitié du trou, gisaient les pauvres restes déchiquetés et ensanglantés... d'une queue de renard !

Bean la ramassa.

– On a la queue, mais pas le renard ! dit-il en la jetant au loin.

– Zut et flûte ! s'écria Boggis. On a tiré

trop tard. On aurait dû tirer quand il a sorti la tête.

– Maintenant, il réfléchira à deux fois avant de la sortir, dit Bunce.

Bean tira un flacon de cidre et but à la bouteille. Puis il dit :

– La faim le fera sortir, mais pas avant trois jours au moins. Je ne vais pas attendre, assis à ne rien faire. Creusons et débusquons-le !

– Ah, dit Boggis. Voilà qui est bien parlé ! On peut le débusquer en deux heures. On sait qu'il est là.

– Il y a sans doute toute la famille au fond de ce trou, dit Bunce.

– Eh bien, nous les aurons tous ! dit Bean. A nos pelles !

4
Les terribles pelles

Au fond du trou, Dame Renard léchait tendrement le moignon de queue de son mari pour l'empêcher de saigner.

– C'était la plus belle queue à des kilometres à la ronde, dit-elle entre deux coups de langue.

– J'ai mal, dit Maître Renard.

– Je sais, mon ami. Mais bientôt, cela ira mieux.

– Et ta queue repoussera, papa, dit l'un des renardeaux.

– Non, jamais plus, dit Maître Renard. Je serai sans queue le restant de mes jours.

Il avait l'air très sombre.

Ce soir-là, les renards n'avaient pas de quoi manger et bientôt les enfant s'assoupirent. Puis Dame Renard fit de même. Mais Maître Renard ne pouvait pas dormir parce que son moignon de queue lui faisait mal.

« Eh bien, après tout, songea-t-il, je dois m'estimer heureux d'être encore en vie.

Seulement, maintenant qu'ils ont trouvé notre trou, nous allons devoir déménager le plus tôt possible. Nous ne serons pas tranquilles tant que... Mais que se passe-t-il ? »

Il tourna vivement la tête et tendit l'oreille. Ce qu'il entendait à présent était le bruit le plus effrayant qui soit pour un renard, le rac-rac-raclement de pelles creusant le sol.

– Réveillez-vous ! hurla-t-il. Ils creusent ! Ils nous délogent !

Dame Renard se réveilla en un clin d'œil. Elle se redressa, toute tremblante.

– Tu en es sûr ? murmura-t-elle.

– Sûr et certain ! Écoute !

– Ils vont tuer mes enfants ! s'écria Dame Renard.

– Jamais ! dit Maître Renard.

– Mais si ! sanglotait Dame Renard. Tu le sais !

Scrunch, scrunch, scrunch ! faisaient les pelles au-dessus de leurs têtes. De la terre et des petits cailloux se mirent à tomber du plafond.

– Ils vont nous tuer ? Comment ça, maman ? demanda l'un des renardeaux, ses grands yeux noirs écarquillés de terreur. Avec des chiens ?

Dame Renard fondit en larmes. Elle prit ses quatre enfants dans ses bras et les serra contre elle.

Soudain, au-dessus d'eux, on entendit un crissement épouvantable et le tranchant d'une pelle traversa le plafond. Cet horrible spectacle sembla électriser Maître Renard. Il fit un bond et s'écria :

– Ça y est ! Allons-y ! Il n'y a pas un moment à perdre ! Comment ne pas y avoir pensé plus tôt !

– Pensé à quoi, papa ?

– Un renard creuse plus vite qu'un homme ! hurla Maître Renard en com-

mençant à creuser. Personne au monde ne creuse aussi vite qu'un renard.

Maître Renard s'était mis à creuser à toute vitesse avec ses pattes avant et, derrière lui, la terre voltigeait follement.

Dame Renard et les quatre enfants accoururent pour l'aider.

– Vers le bas ! ordonna Maître Renard, nous devons creuser profond ! Le plus profond possible !

Long, de plus en plus long, le tunnel avançait. Il descendait à pic, profond, de plus en plus profond, loin de la surface du sol. La mère, le père et les quatre enfants creusaient de concert. Leurs pattes de

devant remuaient si vite qu'on ne les voyait plus. Et, peu à peu, les bruits de raclement se firent de plus en plus lointains.

Une heure après, Maître Renard s'arrêta de creuser.

– Stop ! dit-il.

Tous s'arrêtèrent. Ils se retournèrent et levèrent les yeux sur la longue galerie qu'ils venaient de creuser. Tout était tranquille.

– Ouf ! dit Maître Renard, on y est arrivé ! Ils ne descendront jamais jusqu'ici. Bravo à tous !

Ils s'assirent, à bout de souffle. Et Dame Renard dit à ses enfants :

– Il faudrait que vous sachiez que, sans votre père, nous serions tous morts à l'heure qu'il est. Votre père est fantastique.

Maître Renard regarda son épouse qui lui sourit. Lorsqu'elle lui parlait ainsi, il l'aimait plus que jamais.

5
Les terribles pelleteuses

Le lendemain matin, au lever du soleil, Boggis, Bunce et Bean creusaient toujours. Ils avaient creusé un trou si profond qu'il aurait pu contenir une maison. Mais ils n'étaient pas encore arrivés au bout du tunnel. Ils étaient très fatigués et furieux.

– Zut et flûte ! dit Boggis. Qui est-ce qui a eu cette idée lamentable ?

– Bean, répondit Bunce.

Tous deux regardèrent Bean. Bean but une goulée de cidre, et remit le flacon dans sa poche, sans en offrir aux autres.

– Écoutez ! s'écria-t-il furibond, je veux ce renard ! Et je l'aurai ! Je n'abandonnerai pas tant qu'il ne sera pas mort et pendu à ma porte d'entrée !

– Ce n'est pas en creusant que nous l'attraperons, ça, c'est sûr, dit le gros Boggis. J'en ai assez de creuser.

Bunce, le nabot ventripotent, leva les yeux sur Bean et demanda :

– Tu as d'autres idées stupides ?

– Quoi ? dit Bean, je ne t'entends pas.

Bean ne prenait jamais de bain. Il ne se lavait pas davantage. Et donc, ses oreilles étaient pleines de toutes sortes de saletés : cire, bouts de chewing-gum, mouches mortes et autres trucs de ce genre. Cela le rendait sourd.

– Parle plus fort, dit-il à Bunce qui lui cria :

– Tu as d'autres idées stupides ?

De son doigt sale, Bean se gratta derrière la nuque. Il avait un furoncle et cela le démangeait.

– Pour cette affaire, dit-il, on a besoin de machines... de pelles mécaniques. Avec des pelles mécaniques, on le fera sortir en cinq minutes !

C'était une assez bonne idée et les deux autres durent l'admettre.

– Alors, d'accord, dit Bean, prenant les choses en main. Boggis, tu restes ici et fais attention que le renard ne file pas. S'il essaie de sortir, tire vite ! Bunce et moi, on va chercher nos engins.

Le grand maigre Bean s'éloigna, suivi du petit Bunce qui trottait derrière lui. Le gros Boggis resta où il était, son fusil pointé sur le terrier.

Bientôt, deux énormes pelleteuses noires, l'une conduite par Bean, l'autre par Bunce, arrivèrent en grinçant dans le bois. On aurait dit des monstres redoutables et destructeurs.

– Ohé ! Nous voici ! hurla Bean.

– Mort au renard ! vociféra Bunce.

Les machines se mirent au travail sur la colline, arrachant d'énormes pelletées de

terre. Tout d'abord, le grand arbre sous lequel Maître Renard avait creusé son trou s'abattit comme une quille. De tous côtés, des rochers voltigeaient, et des arbres tombaient dans un vacarme assourdissant.

Blottis au fond de leur tunnel, les renards écoutaient ces grincements et ces fracas terribles au-dessus d'eux.

– Que se passe-t-il, papa ? s'écrièrent les renardeaux. Que font-ils ?

Maître Renard ne savait ni ce qui se passait, ni ce qu'ils faisaient.

– La terre tremble ! cria Dame Renard.

– Regardez ! dit l'un des renardeaux, notre tunnel s'est rétréci ! Je vois le jour !

Ils se retournèrent tous. Oui ! L'ouverture du tunnel était maintenant à quelques mètres et, dans la percée, en plein jour, ils aperçurent les deux énormes pelleteuses noires presque sur eux.

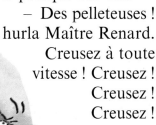

– Des pelleteuses ! hurla Maître Renard. Creusez à toute vitesse ! Creusez ! Creusez ! Creusez !

6
La course

Alors, entre les renards et les machines, commença une course désespérée. Au début, voici à quoi ressemblait la colline :

Après environ une heure, les pelleteuses avaient creusé, creusé le sol, et voilà à quoi ressemblait le sommet de la colline :

Parfois les renards gagnaient un peu de terrain et les crissements devenaient de plus en plus faibles.

Maître Renard disait :

– On va y arriver, je suis sûr qu'on va y arriver !

Et puis, quelques moments plus tard, les machines revenaient sur eux et les grincements des puissantes pelles mécaniques devenaient de plus en plus stridents. Une fois, les renards virent même le tranchant métallique d'une pelle qui venait de soulever la terre juste derrière eux.

– Continuons, mes enfants ! haletait Maître Renard. N'abandonnons pas !

– Continuez ! hurlait le gros Boggis à Bunce et Bean. On va l'attraper d'un moment à l'autre !

– Tu ne le vois pas ? demanda Bean.

– Pas encore, cria Boggis, mais vous devez être tout près !

– Je le cueillerai à la pelle ! aboyait Bunce. Je le découperai en petits morceaux !

Mais à l'heure du déjeuner, les machines étaient toujours là. Et les pauvres renards aussi.

Voici maintenant à quoi ressemblait la colline :

Les fermiers ne s'arrêtèrent pas pour déjeuner. Ils avaient trop hâte d'en finir.

– Hé là, Maître Renard ! vociférait Bunce en se penchant de son engin, on vient t'attraper !

– Tu as mangé ton dernier poulet ! hurlait Boggis. Tu ne viendras plus jamais rôder autour de ma ferme !

Une sorte de folie s'était emparée des trois hommes. Bean, le grand sac à os, et Bunce, le nabot ventripotent, conduisaient leurs machines comme des fous. Les moteurs s'emballaient et les pelles creusaient à toute allure. Autour d'eux, le gros Boggis sautillait comme un derviche en hurlant : « Plus vite ! Plus vite ! »

A cinq heures de l'après-midi, voici dans quel état se trouvait la colline :

Le trou creusé était grand comme le cratère d'un volcan. C'était un spectacle si extraordinaire que les gens arrivaient en foule des villages alentour pour le voir. Ils étaient sur le bord du cratère et regardaient Boggis, Bunce et Bean tout au fond.

– Hé là, Boggis ! Que se passe-t-il ?

– On est après un renard !

– Vous êtes fous !

Les gens se moquaient d'eux et riaient. Mais cela ne faisait qu'accroître la fureur et l'obstination des trois fermiers, plus déterminés que jamais à ne pas abandonner avant d'avoir capturé le renard.

7
On ne le laissera pas filer !

A six heures du soir, Bean arrêta le moteur de sa pelleteuse et descendit de son siège. Bunce fit de même. Les deux hommes en avaient assez. Ils étaient fatigués et courbatus d'avoir conduit toute la journée. Et aussi, ils avaient faim. Lentement, ils s'approchèrent du petit trou au fond de l'énorme cratère. Bean était rouge de colère. Bunce lança au renard des insultes et des gros mots que je ne peux pas répéter ici. Boggis vint vers eux, avec sa démarche de canard.

— Sale infect renard ! La peste l'étouffe ! dit-il. Que diable faire, à présent ?

— Je peux te dire ce qu'on ne *fera pas*, dit Bean, on ne le laissera pas filer !

— On ne le laissera jamais filer ! déclara Bunce.

— Jamais ! Jamais ! cria Boggis.

— Tu entends, Maître Renard ! vociféra Bean en se penchant et en hurlant dans le trou. Ce n'est qu'un début ! Nous ne ren-

trerons chez nous que lorsque tu seras mort et pendu !

Sur quoi, les trois hommes se serrèrent la main et firent le serment solennel de ne pas retourner à leurs fermes avant d'avoir attrapé le renard.

– Et maintenant, que faire ? demanda Bunce, le nabot ventripotent.

– On va t'expédier au fond du trou

pour aller le chercher ! dit Bean. Allez, dans le trou, misérable demi-portion !

– Non, pas moi ! s'écria Bunce en prenant la fuite.

Bean eut un petit sourire. Quand il souriait, on voyait ses gencives rouges. On voyait d'ailleurs plus ses gencives que ses dents.

– Il n'y a plus qu'une chose à faire, dit-il. Laissons-le mourir de faim. Campons ici jour et nuit pour veiller sur le trou. Il finira par partir. Il le faudra bien.

C'est ainsi que Boggis, Bunce et Bean firent venir de leurs fermes des tentes, des sacs de couchage et leurs soupers.

8
La grande famine des renards

Ce soir-là, sur la colline, trois tentes furent dressées dans le cratère, autour du terrier de Maître Renard. Assis devant leurs tentes, les trois fermiers soupaient. Boggis mangeait trois poulets cuits à la cocotte avec des croquettes, Bunce six beignets fourrés d'une infâme bouillie de foies d'oies, et Bean buvait huit litres de cidre. Tous les trois avaient leurs fusils à côté d'eux.

Boggis prit un poulet fumant et l'approcha du terrier.

– Maître Renard ! hurla-t-il. Est-ce que tu sens ce tendre, ce succulent poulet ? Pourquoi ne viens-tu pas le chercher ?

L'appétissant fumet du poulet descendit jusqu'à l'endroit du tunnel où étaient blottis les renards.

– Oh ! papa, dit l'un des renardeaux, si on sortait vite le prendre ?

– Tu n'y penses pas ! dit Dame Renard. C'est exactement ce qu'ils souhaitent.

– Mais nous avons tellement faim ! s'écrièrent les renardeaux. Quand aurons-nous quelque chose à grignoter ?

Leur mère ne répondit pas. Leur père non plus. Il n'y avait rien à répondre.

A la tombée de la nuit, Bunce et Bean allumèrent les phares des deux pelleteuses et éclairèrent le trou.

– Maintenant, dit Bean, nous allons veiller à tour de rôle. L'un veillera pendant que les deux autres dormiront et ainsi de suite pendant toute la nuit.

Boggis demanda :

– Et si le renard creuse un trou dans la colline et sort par un autre côté ? Tu n'y avais pas pensé, à ce tour-là ?

– Bien sûr que si, dit Bean qui n'y avait pas pensé du tout.

– Alors, vas-y, donne-nous la solution, dit Boggis.

Bean sortit une petite saleté de son oreille et la jeta d'une chiquenaude.

– Combien d'hommes travaillent à ta ferme ? demanda-t-il.

– Trente-cinq, répondit Boggis.

– J'en ai trente-six, ajouta Bunce.

– Et moi, trente-sept, dit Bean, Ça fait cent huit en tout. Ordonnons-leur d'entourer la colline. Chacun aura un fusil et une torche électrique. Ainsi, pas moyen de s'enfuir pour Maître Renard !

Les ordres arrivèrent donc aux fermes et, cette nuit-là, cent huit hommes encerclèrent étroitement le bas de la colline. Ils étaient armés de bâtons, de fusils, de hachettes, de pistolets et de toutes sortes d'armes épouvantables. Cela rendait toute fuite pratiquement impossible pour un renard et, bien sûr, pour tout autre animal.

Le lendemain, ils continuèrent à surveiller et à attendre. Boggis, Bunce et Bean étaient assis sur de petits tabourets, les yeux fixés sur le terrier, leurs fusils sur les genoux. Ils ne parlaient pas beaucoup.

De temps à autre, Maître Renard se glissait près de l'entrée du tunnel pour flairer. Puis il revenait et déclarait :

– Ils sont toujours là.

– Tu en es sûr ? demandait Dame Renard.

– Sûr et certain, disait Maître Renard. Je peux sentir ce gredin de Bean à un kilomètre. Il empeste !

9
Maître Renard a un plan

Pendant trois jours et trois nuits, cette petite attente continua.

– Combien de temps un renard peut-il tenir sans boire et sans manger ? demanda Boggis, le troisième jour.

– Plus très longtemps, maintenant, répondit Bean. La faim et la soif le feront bientôt sortir. C'est sûr.

Bean avait raison. Dans le tunnel, lentement mais sûrement, les renards mouraient de faim.

– Si seulement nous avions rien qu'une petite goutte d'eau, dit l'un des renardeaux. Oh ! papa, tu ne peux pas faire quelque chose ?

– Et si on allait en chercher, papa ? On aurait une petite chance de réussir, non ?

– Aucune chance, coupa Dame Renard. Je refuse de vous laisser monter affronter ces fusils. Je préfère que vous mouriez tranquillement ici.

Maître Renard n'avait pas parlé depuis longtemps. Assis, tout à fait immobile, les yeux fermés, il n'écoutait même pas ce que disaient les autres. Dame Renard savait qu'il essayait désespérément de trouver une solution. Et à présent, voilà qu'elle le voyait se remuer et se mettre lentement sur ses pattes. Une petite flamme dansait dans ses yeux.

– Qu'y a-t-il, mon ami ? demanda-t-elle vivement.

– Je viens juste d'avoir une petite idée, répondit prudemment Maître Renard.

– Quoi, papa ? s'écrièrent les renardeaux. Oh ! quoi ?

– Allons, fit Dame Renard, dis-nous vite !

– Eh bien... dit Maître Renard.

Puis il s'arrêta, soupira, secoua tristement la tête et se rassit.

51

– Elle n'est pas bonne, dit-il, ça ne marchera jamais.

– Et pourquoi, papa ?

– Parce qu'il faudrait creuser davantage et aucun de nous n'est assez fort pour cela, après trois jours et trois nuits sans manger.

– Si, papa ! Nous sommes assez forts ! s'écrièrent les renardeaux.

Maître Renard regarda les quatre renardeaux et il sourit. « Comme j'ai de braves enfants ! songeait-il. Ils n'ont rien mangé depuis trois jours et ils ne veulent toujours pas s'avouer vaincus. Je ne dois pas les décevoir. »

– Eh bien... Nous pourrions essayer, dit-il.

– Allons-y, papa ! Dis-nous ce que tu veux qu'on fasse !

Lentement, Dame Renard se mit sur ses pattes. Plus que les autres elle souffrait de faim et de soif et elle était très affaiblie.

– Je suis désolée, dit-elle, mais je ne crois pas que je vous aiderai beaucoup.

– Reste là, ma chérie, dit Maître Renard. Nous pouvons nous débrouiller tout seuls.

10
Le poulailler numéro 1
de Boggis

— Cette fois, nous devons creuser dans une direction bien précise, dit Maître Renard, en indiquant un endroit sur le côté et vers le bas.

Ses quatre enfants et lui se remirent donc à creuser.

Ils travaillaient maintenant beaucoup plus lentement, mais avec plein de courage, et, petit à petit, le tunnel commença à s'agrandir.

— Papa, j'aimerais que tu nous dises où nous allons, dit l'un des enfants.

– Je n'ose pas, dit Maître Renard, parce que le lieu que j'espère atteindre est si merveilleux que vous deviendriez fous d'excitation si je vous le décrivais. Alors, si nous le manquions – ce qui est fort possible – vous seriez horriblement déçus. Je ne veux pas vous donner trop d'espoir, mes enfants.

Pendant longtemps ils continuèrent à creuser. Combien de temps cela dura, ils ne savaient pas, car, dans ce tunnel sombre, il n'y avait ni jours ni nuits. Mais à la fin, Maître Renard donna l'ordre d'arrêter.

– Je crois que nous ferions mieux de jeter un coup d'œil au-dessus, maintenant, pour voir où nous sommes. Je sais où je *voudrais* me trouver, mais de là à affirmer que nous en sommes près...

Lentement, péniblement, les renards se mirent à creuser le tunnel vers la surface. Cela montait, montait... Soudain, au-dessus de leurs têtes, ils rencontrèrent quelque chose de dur. Ils ne pouvaient aller plus loin.

Maître Renard se redressa pour voir ce que c'était.

– C'est du bois ! chuchota-t-il. Des planches en bois.

– Qu'est-ce que ça veut dire, papa ?

– Ça veut dire, murmura Maître Renard, à moins que je ne me trompe complètement, que l'on est juste sous la maison de quelqu'un. Restez tranquilles, pendant que je jette un coup d'œil.

Prudemment, Maître Renard se mit à pousser une des planches. Elle craqua de façon épouvantable et tous se baissèrent, s'attendant à quelque catastrophe. Rien n'arriva.

Alors, Maître Renard poussa une autre planche. Et puis, très, très prudemment, il passa la tête dans l'ouverture.

Il laissa échapper un cri d'enthousiasme.

— J'ai réussi ! hurlait-il. Du premier coup ! J'ai réussi ! J'ai réussi !

Il se glissa à travers l'ouverture du plancher et se mit à trépigner et à danser de joie.

— Venez ! criait-il. Venez voir où vous êtes, mes enfants ! Quel spectacle pour un renard affamé ! Alléluia ! Hourra ! Hourra !

Les quatre renardeaux se hissèrent du tunnel et... quel merveilleux spectacle s'étalait à présent sous leurs yeux ! Ils se trouvaient dans un grand hangar et le lieu entier regorgeait de poulets. Il y en avait des blancs, des bruns et des noirs, par milliers.

— Le poulailler numéro 1 de Boggis ! dit

Maître Renard. Exactement là où je voulais aller ! J'ai tapé droit dans le mille ! Du

premier coup ! N'est-ce pas fantastique ? Qu'est-ce que je suis malin !

Les renardeaux étaient fous d'enthousiasme. Ils se mirent à courir dans tous les sens, en poursuivant les stupides volailles.

– Attendez ! ordonna Maître Renard. Ne perdez pas la tête ! Reculez ! Calmez-vous ! Agissons comme il faut ! Avant toute chose, allons boire !

Tous coururent vers l'abreuvoir des poulets et avalèrent la délicieuse eau fraîche. Puis, Maître Renard choisit trois poules des plus grasses et, d'un petit coup de mâchoires, il les tua en un clin d'œil.

– De retour au tunnel ! commanda-t-il. Allons ! Pas de bêtises ! Plus vite on partira, plus vite on mangera !

Les uns après les autres, ils se coulèrent dans l'ouverture du plancher et, bientôt, ils se retrouvèrent dans le tunnel sombre. Maître Renard remit très soigneusement les planches à leur place. Il le fit avec grand soin, de telle façon que personne ne puisse voir qu'on les avait déplacées.

– Mon fils, fit-il en donnant les trois poules grasses au plus grand des quatre renardeaux, cours rejoindre ta mère. Dis-lui de préparer un festin. Dis-lui que nous serons de retour en un clin d'œil, dès que nous aurons fini quelques autres petits préparatifs...

11
Une surprise
pour Dame Renard

Le renardeau courut le long du tunnel, avec les trois poules grasses, de toute la vitesse de ses quatre pattes. Il était fou de joie.

« Ah, quand maman verra ça ! » songeait-il.

La route était longue mais il ne s'arrêta pas une seule fois et il arriva en courant vers Dame Renard.

– Maman ! s'écria-t-il à bout de souffle. Regarde, maman ! Réveille-toi et regarde ce que je t'apporte !

Dame Renard, plus affaiblie que jamais par la faim, ouvrit un œil et vit les poules.

– Je rêve, murmura-t-elle, et elle referma l'œil.

– Tu ne rêves pas, maman ! Ce sont de vraies poules ! Nous sommes sauvés ! Nous ne mourrons pas de faim !

Dame Renard ouvrit les deux yeux et se redressa vite.

– Mais, mon cher petit, s'exclama-t-elle, où diable... ?

– Au poulailler numéro 1 de Boggis ! bredouilla le renardeau. Nous avons creusé un tunnel qui aboutit exactement dessous ! Si tu voyais toutes ces belles poules grasses ! Et papa a dit de préparer un festin ! Ils seront bientôt de retour !

La vue de la nourriture sembla redonner des forces à Dame Renard.

– Oui, préparons un festin ! dit-elle en se levant. Ton père est vraiment fantastique ! Dépêche-toi, mon petit, et commence à plumer ces poules !

Au loin, dans le tunnel, ce fantastique Maître Renard disait :

– Seconde étape, mes enfants ! Celle-ci sera un jeu d'enfant. Tout ce que nous avons à faire est de creuser un petit tunnel de là à là.

– Jusqu'où, papa ?

– Ne posez pas tant de questions. Creusez !

12
Blaireau

Maître Renard et ses trois autres renardeaux creusaient vite et droit. Ils étaient trop excités pour sentir la faim ou la fatigue. Ils savaient que sous peu ils feraient un énorme, un magnifique festin, et justement avec les poulets de Boggis ! Là-bas, sur la colline, le gros fermier attendait qu'ils meurent de faim. Il était bien loin de se douter qu'il leur fournissait à manger ! Rien que d'y penser, ils se tordaient de rire !

– Continuez à creuser ! dit Maître Renard. Ce n'est pas très loin !

Tout à coup, une voix grave dit au-dessus d'eux :

– Qui va là ?

Les renardeaux sursautèrent. Ils levèrent les yeux et virent un long museau noir, pointu et poilu, épiant à travers un petit trou du plafond.

– Blaireau ! s'écria Maître Renard.

– Ce vieux Renard ! s'exclama Blaireau. Mon Dieu, que je suis content

d'avoir enfin trouvé quelqu'un ! Je creuse
en rond depuis trois jours et trois nuits et
je n'ai pas la moindre idée de l'endroit où
je me trouve.

Blaireau élargit le trou du plafond et se
laissa tomber à côté des renards. Petit
Blaireau (son fils) se laissa tomber à son
tour.

– Tu n'es pas au courant de ce qui se passe sur la colline ? dit Blaireau tout excité. Le chaos ! La moitié de la forêt a disparu et il y a des hommes armés de fusils dans tout le pays. Aucun de nous ne peut sortir, même la nuit ! Nous allons tous mourir de faim !

– Qui, nous ? demanda Maître Renard.

– Nous, les animaux fouisseurs, moi, Taupe, Lapin, nos femmes et nos enfants. Même Belette est obligée de se cacher dans mon trou avec son épouse et ses six petits. Que diable allons-nous faire, mon vieux Renard ? Je crois que c'en est fini de nous !

Maître Renard regarda ses enfants et il sourit. Les enfants lui rendirent son sourire d'un air complice.

– Mon cher vieux Blaireau, dit-il, tout ça, c'est ma faute...

– Je sais que c'est ta faute ! dit Blaireau d'un ton furibond. Et les fermiers n'abandonneront pas tant qu'ils ne t'auront pas pris. Malheureusement, ça veut dire qu'ils *nous* auront aussi, nous, les animaux de la colline.

Blaireau s'assit et mit une patte autour de son petit.

– Nous sommes perdus, dit-il doucement. Là-haut, ma pauvre épouse est si
faible qu'elle ne peut plus creuser un
mètre.

– La mienne non plus, dit Maître
Renard. Et pourtant, à l'instant même, elle
prépare pour moi et mes enfants le plus
succulent festin de poulets dodus et
juteux...

– Arrête ! hurla Blaireau. Ne me fais
pas enrager ! Je ne peux pas le supporter !

– C'est vrai ! s'écrièrent les renardeaux.
Papa ne plaisante pas ! Nous avons des
poulets à foison !

– Et puisque tout est entièrement ma
faute, dit Maître Renard, je t'invite à par-
tager le festin. J'invite tout le monde, toi,
Taupe, Lapin, Belette, vos femmes et vos
enfants. Il y aura plein à manger pour
tous, je peux te l'assurer.

– Sérieusement ? s'écria Blaireau, tu
parles vraiment sérieusement ?

Maître Renard approcha son museau de
celui de Blaireau et chuchota d'un air mys-
térieux :

– Sais-tu d'où nous venons ?

– D'où ?

– Du poulailler numéro 1 de Boggis.

– Non !

– Si ! Mais ce n'est rien à côté de là où nous allons maintenant. Tu es venu au bon moment, mon cher Blaireau. Tu peux nous aider à creuser. Et pendant ce temps, ton petit n'a qu'à courir rejoindre Dame Blaireau et tous les autres pour répandre la bonne nouvelle.

Maître Renard se tourna vers Petit Blaireau :

– Dis-leur qu'ils sont invités au festin de Renard. Et puis fais-les tous descendre ici et suivez ce tunnel jusqu'à mon logis.

– Oui, Maître Renard, dit Petit Blaireau. Oui, monsieur. Tout de suite, monsieur. Oh, merci, monsieur !

Et il regrimpa vite par le trou du plafond et disparut.

13
L'entrepôt géant de Bunce

   – Qu'est-il donc arrivé à ta queue, mon vieux Renard ? s'écria Blaireau.
   – N'en parlons pas, je t'en prie, dit Maître Renard. C'est un sujet douloureux.

Ils continuèrent à creuser le nouveau tunnel en silence. Blaireau était un grand fouisseur et depuis qu'il donnait un coup de patte, le tunnel avançait à toute allure. Bientôt, ils se retrouvèrent au-dessous d'un autre plancher.

Maître Renard sourit d'un air rusé, montrant ses dents blanches et pointues.

– Si je ne me suis pas trompé, mon cher Blaireau, dit-il, nous sommes maintenant sous la ferme qui appartient à Bunce, ce vilain nabot ventripotent. En fait, nous sommes juste sous l'endroit le plus intéressant de cette ferme.

– Des oies et des canards ! s'écrièrent les renardeaux en se léchant les babines. Des canards tendres et juteux, et de belles oies grasses !

– Ex-ac-te-ment, dit Maître Renard.

– Mais comment donc peux-tu savoir où nous sommes ? demanda Blaireau.

Le sourire de Maître Renard s'élargit un peu plus sur ses dents blanches.

– Écoute, dit-il, j'irais les yeux fermés jusqu'à ces fermes. Pour moi, c'est tout aussi facile dessous que dessus.

Il se dressa et poussa une latte en bois,

puis une autre. Il passa la tête par l'ouverture.

– Oui ! hurla-t-il en sautant dans la pièce au-dessus. J'ai encore réussi ! J'ai mis dans le mille ! Droit dans le mille ! Venez voir !

Blaireau et les trois renardeaux le suivirent. Ils s'arrêtèrent, les yeux écarquillés. Ils restaient bouche bée. Ils étaient si comblés qu'ils ne pouvaient plus parler ; car ce qu'ils voyaient maintenant était en quelque sorte le rêve de tout renard, le rêve de tout blaireau, un paradis pour les animaux affamés.

– Ceci, mon cher vieux Blaireau, déclara Maître Renard, c'est l'entrepôt géant de Bunce. Toutes ses provisions sont stockées ici en attendant de partir au marché.

Contre les quatre murs de l'immense pièce, entassés dans des armoires et empilés sur des étagères qui allaient du sol jusqu'au plafond, il y avait des milliers et des milliers de canards et d'oies, les plus beaux, les plus gras, plumés et prêts à cuire ! et au-dessus, pendus au plafond, il devait y avoir au moins une centaine de jambons fumés et cinquante flèches de lard.

– Quel régal pour les yeux ! s'écria Maître Renard, sautant et dansant. Qu'est-ce que vous en dites, hein ? Plutôt pas mal comme bouffe !

Soudain, comme mus par des ressorts, les trois renardeaux affamés et Blaireau, qui aurait mangé un éléphant, se jetèrent sur la succulente nourriture.

– Arrêtez ! ordonna Maître Renard. C'est *mon* festin. Aussi, c'est moi qui choisirai.

Les autres reculèrent en se léchant les babines. Maître Renard se mit à faire le tour de l'entrepôt, examinant ce magnifique étalage de nourriture d'un œil connaisseur. Un filet de salive dégoulina le long de sa mâchoire.

– N'exagérons pas, dit-il, ne vendons pas la mèche. Il ne faut pas qu'on sache que nous sommes venus. Agissons avec

ordre et propreté et ne prenons que
quelques morceaux de choix. Aussi, pour

commencer, prenons quatre canetons dodus.

Il les prit sur une étagère.

— Oh ! comme ils sont beaux et gras ! Pas étonnant que Bunce les vende si cher au marché... Très bien, Blaireau, donne-moi un coup de patte pour les descendre... Vous, les enfants, vous pouvez aider aussi... Allons-y... Mon Dieu, comme vous avez l'eau à la bouche ! Et maintenant... nous ferions bien de prendre quelques oies... Trois devraient suffire... Prenons les plus grasses... Oh ! mon Dieu, mon Dieu, il n'y a pas plus belles oies dans la cuisine d'un roi... allons-y doucement... voilà... et que diriez-vous de deux beaux jambons fumés ?... J'adore le jambon fumé, pas toi, Blaireau ? Passe-moi un escabeau, s'il te plaît...

— Je raffole du lard ! s'écria Blaireau, dansant d'excitation. Prenons une tranche de lard ! Cette grosse, là-haut !

— Et des carottes, papa ! dit le plus petit des trois renardeaux. Prenons quelques carottes.

— Que tu es bête, dit Maître Renard. Tu sais bien qu'on n'en mange jamais.

— Ce n'est pas pour nous, papa. C'est pour les lapins. Ils ne mangent que des légumes.

— Mon Dieu, tu as raison ! s'écria Maître Renard. Tu penses vraiment à tout, mon petit ! Prenons dix bouquets de carottes !

Bientôt, tout ce magnifique butin forma un beau tas sur le sol. Les renardeaux étaient accroupis à côté, la truffe frémissante, les yeux brillants comme des étoiles.

— Et maintenant, dit Maître Renard, nous allons emprunter à notre ami Bunce deux de ces charrettes, dans le coin. Elles nous seront bien utiles.

Blaireau et lui allèrent chercher les charrettes et chargèrent les oies, les canards, les jambons et le lard. Ils les firent descendre par le trou du plancher et s'y glissèrent à leur tour. Dans le tunnel, Maître Renard remit les lattes du plancher à leur place. Ainsi personne ne pourrait voir qu'on les avait déplacées.

— Mes enfants, dit-il en désignant deux des trois renardeaux, prenez chacun une charrette et courez rejoindre votre mère de toute la vitesse de vos quatre pattes. Dites-lui combien je l'aime. Dites-lui que nous avons invité à dîner les familles Blaireau,

Taupe, Lapin et Belette, que ce doit être vraiment un festin grandiose et que nous reviendrons au logis dès que nous aurons fini un autre petit travail.

– Oui, papa ! Tout de suite, papa ! répondirent-ils.

Ils saisirent chacun un chariot et foncèrent dans le tunnel.

14
Blaireau a des scrupules

— Plus qu'un endroit à visiter! cria Maître Renard.

— Et je parie que je sais ce que c'est, dit
le seul renardeau qui restait. C'était le plus
petit des quatre renardeaux.

— Qu'est-ce que c'est ? demanda
Blaireau.

— Eh bien, dit le petit renardeau, nous
sommes allés chez Boggis et chez Bunce,
mais pas chez Bean. Ce doit être chez lui.

— Tu as raison, dit Maître Renard, mais
ce que tu ignores, c'est quel endroit de chez
Bean nous allons visiter.

— Lequel ? firent ensemble Blaireau et le
plus petit renardeau.

— Ah, ah ! dit Maître Renard. Attendez
un peu et vous verrez !

Tout en parlant, ils creusaient. Le tunnel avançait vite. Soudain, Blaireau
demanda :

— Ça ne t'ennuie pas un petit peu, mon
vieux Renard ?

– M'ennuyer ? dit Maître Renard. Quoi ?

– Tous ces... tous ces vols.

Maître Renard s'arrêta de creuser et fixa Blaireau comme s'il avait complètement perdu la boule.

– Chère vieille toupie poilue ! s'écria-t-il. Connais-tu une seule personne au monde qui ne chiperait pas quelques poulets si ses enfants mouraient de faim ?

Il y eut un bref silence au cours duquel Blaireau réfléchit profondément.

– Tu es beaucoup trop honnête, dit Maître Renard.

– Il n'y a pas de mal à être honnête, dit Blaireau.

– Écoute, dit Maître Renard, Boggis, Bunce et Bean ont décidé de nous tuer. Tu t'en rends compte, j'espère ?

– Je m'en rends compte, mon vieux Renard, je m'en rends compte, répondit le gentil Blaireau.

– Mais nous ne sommes pas aussi vils. Nous ne voulons pas les tuer.

– Bien sûr que non, dit Blaireau.

– Ça ne nous viendrait jamais à l'idée, dit Maître Renard. Nous leur prendrons simplement un peu de nourriture par-ci, par-là, pour nous maintenir en vie, nous et nos familles. D'accord ?

– Je crois que nous y sommes obligés, dit Blaireau.

– Laissons-les être odieux s'ils veulent, dit Maître Renard. Nous, ici, sous terre, nous sommes de braves gens pacifiques.

Blaireau inclina la tête et sourit à Maître Renard.

– Mon vieux Renard, dit-il, je t'adore.

– Merci, dit Maître Renard. Et maintenant, continuons à creuser.

Cinq minutes plus tard, les pattes avant de Blaireau rencontrèrent quelque chose de plat et de dur.

– Diable ! Qu'est-ce que c'est ? dit-il. Ça ressemble à un solide mur de pierre.

Maître Renard et lui grattèrent la terre qui le recouvrait. C'était bien un mur. Mais il était fait de briques, pas de pierre. Le mur était juste en face d'eux, bloquant la voie.

– Qui donc a eu l'idée de construire un mur sous la terre ? demanda Blaireau.

– Très simple, dit Maître Renard. C'est le mur d'une pièce souterraine. Et si je ne me trompe pas, c'est exactement ce que je cherche.

15
La cave secrète de Bean

Maître Renard examina le mur avec attention. Il vit que le ciment entre les briques était vieux et s'effritait. Aussi, il fit bouger une brique sans trop de difficultés et l'enleva. Soudain, de ce trou, surgit un petit museau pointu et moustachu.

– Allez-vous-en ! fit-il sèchement, vous ne pouvez pas rentrer ! C'est privé !

– Doux Jésus ! s'écria Blaireau. Rat !

– Tu as du toupet, animal ! dit Maître

Renard. J'aurais dû deviner qu'on te trouverait bien par ici !

– Allez ouste ! hurlait le rat, du balai ! C'est ma propriété privée.

– Tais-toi ! dit Maître Renard.

– Je ne me tairai pas ! vociférait le rat. Cest *mon* domaine ! J'y suis venu le premier !

Maître Renard sourit. Ses dents étincelaient.

– Mon cher Rat, dit-il, je suis un renard affamé et si tu ne files pas en vitesse, je ne ferai qu'une bouchée de toi !

Ça marcha. Le rat disparut de leur vue en un clin d'œil. Maître Renard éclata de rire, et se mit à enlever d'autres briques du mur. Quand il eut agrandi le trou, il s'y glissa, suivi par Blaireau et le petit renardeau.

Ils se trouvaient dans une vaste cave humide et sombre.

– C'est ça ! s'écria Maître Renard.

– Quoi ? dit Blaireau, l'endroit est vide.

– Où sont les dindes ? demanda le plus petit renardeau, les yeux écarquillés dans l'obscurité. Je croyais que Bean élevait des dindes.

– Il en élève, dit Maître Renard, mais nous n'en cherchons pas, maintenant. Nous avons de quoi manger en quantité.

– Alors, de quoi avons-nous besoin, papa ?

– Regarde bien autour de toi, dit Maître Renard. Tu ne vois rien qui t'intéresse ?

Blaireau et le petit renardeau scrutèrent la pénombre. Quand leurs yeux se furent habitués à l'obscurité, ce qu'ils virent ressemblait à tout un lot de grandes jarres en verre, disposées sur des étagères, contre les murs. Ils s'approchèrent. C'était bien des jarres. Il y en avait des centaines et sur chacune on pouvait lire : CIDRE.

Le petit renardeau fit un grand bond en l'air.

– Oh ! papa ! s'écria-t-il.Regarde ce que nous avons trouvé ! Du cidre !

– Ex-ac-te-ment, dit Maître Renard.

– Formidable ! hurla Blaireau.

– La cave secrète de Bean, dit Maître Renard. Mais allez-y prudemment, mes amis, pas de bruit. Cette cave est juste sous la ferme.

– Le cidre est particulièrement bon pour les blaireaux, dit Blaireau. Nous le prenons comme remède. Un grand verre trois fois par jour aux repas et un autre au coucher.

– Cela transformera le festin en banquet, dit Maître Renard.

Pendant qu'ils parlaient, le petit renardeau avait pris une jarre sur une étagère et il avait bu une gorgée.

– Ouh ! dit-il, haletant. Ouaouh !

Vous avez deviné qu'il ne s'agissait pas du cidre ordinaire, léger et pétillant, que l'on achète dans les magasins. C'était du vrai de vrai, du cidre « maison », de l'alcool fort qui vous brûlait la gorge et vous enflammait l'estomac.

– Ah-h-h-h ! faisait le petit renardeau, le souffle coupé. – Ça suffit comme ça, dit Maître Renard en lui arrachant la jarre et en la portant à ses lèvres. (Il prit une formidable gorgée.) C'est miraculeux, chuchota-t-il en essayant de retrouver sa respiration. C'est fabuleux ! C'est magni-fique !

– A mon tour, dit Blaireau en prenant la jarre et en renversant la tête en arrière. Le cidre gargouillait et glouglouttait en coulant dans sa gorge.

– C'est... c'est comme de l'or fondu, soufflait-il, oh ! mon vieux Renard, c'est... comme boire des rayons de soleil et des arcs-en-ciel !

– Vous marchez sur mes plates-bandes !

hurla le rat. Posez-moi ça tout de suite ! Il ne va plus m'en rester.

Le rat était perché sur la plus haute étagère de la cave, les observant derrière une énorme jarre. Dans le col de la jarre, il y avait un petit tuyau de caoutchouc qu'il utilisait pour aspirer le cidre.

– Tu es soûl ! dit Maître Renard.

– Occupe-toi de tes affaires ! vociféra le rat. Grosses brutes épaisses ! Si vous venez ici faire la foire, nous nous ferons tous prendre ! Filez et laissez-moi siroter mon cidre tranquillement.

A ce moment, ils entendirent une voix de femme qui appelait à grands cris, dans la maison, au-dessus.

– Dépêchez-vous d'aller prendre ce cidre, Mabel, disait-elle, vous savez que M. Bean n'aime pas qu'on le fasse attendre ! Surtout après avoir passé toute la nuit sous une tente !

Les animaux en eurent froid dans le dos. Ils s'immobilisèrent, oreilles dressées, corps tendu. Puis ils entendirent le bruit d'une porte qui s'ouvrait. La porte était en haut d'un escalier de pierre qui menait à la cave.

Et maintenant, quelqu'un commençait à descendre les marches.

16
La femme

– Vite ! dit Maître Renard. Cachons-
nous !

Blaireau, le petit renardeau et lui bondi-
rent sur une étagère et se tapirent derrière
une rangée de grosses jarres de cidre. En
regardant à la dérobée, ils virent une
énorme femme qui descendait l'escalier.
En bas des marches, elle fit halte, regardant à gauche et à droite. Puis elle se
tourna et se dirigea directement vers l'endroit où se cachaient Maître Renard,
Blaireau et le petit renardeau. Elle s'arrêta
juste en face d'eux.

La seule chose qui les séparait était une
rangée de jarres. La femme était si près que
Maître Renard pouvait entendre le bruit de
sa respiration. Il risqua un coup d'œil entre
deux bouteilles et remarqua qu'elle avait un
rouleau à pâtisserie à la main.

– Combien en veut-il, cette fois, Mme
Bean ? hurla la femme.

Et du haut des marches, l'autre voix

répondit :
— Montez deux ou trois jarres.

– Hier, il en a bu quatre, Mme Bean.

– Oui, mais il n'en veut pas autant aujourd'hui parce qu'il ne va plus rester là-bas que quelques heures. Il dit que le renard sortira sûrement ce matin. Il ne peut pas rester un jour de plus dans ce trou sans manger.

Dans la cave, la femme étendit les bras et souleva une jarre. Il ne restait plus qu'une jarre entre la femme et celle derrière laquelle se cachait Maître Renard.

– Je me réjouirai quand cette sale bête sera tuée et pendue à la porte d'entrée, criait-elle. Et à propos, Mme Bean, votre mari m'a promis la queue en souvenir.

– La queue a été mise en pièces par les balles, dit la voix du dessus. Vous ne le saviez pas ?

– Elle est donc perdue ?

– Bien sûr qu'elle est perdue. Ils ont tiré sur la queue mais ils ont raté le renard.

– Oh, zut ! dit la grosse femme. Je voulais tant cette queue !

– Vous aurez la tête à la place, Mabel. Vous pourrez la faire empailler et l'accrocher au mur de votre chambre. Maintenant, dépêchez-vous avec ce cidre !

– Oui, m'dame, je viens, dit la grosse femme.

Et elle prit une deuxième jarre sur l'étagère.

« Si elle en prend une autre, elle va nous voir », pensa Maître Renard.

Il sentait le corps du petit renardeau, serré étroitement contre lui, tremblant de peur.

– Est-ce que deux ce sera assez, Mme Bean, ou dois-je en prendre trois ?

– Mon Dieu, Mabel, ça m'est égal du moment que vous vous pressez.

« Alors, va pour deux, se dit l'énorme femme. De toute façon, il boit trop. »

Portant une jarre dans chaque main et serrant le rouleau à pâtisserie sous son bras, elle traversa la cave. Au bas de l'escalier, elle fit halte et regarda autour d'elle, en reniflant.

– Il y a encore des rats, ici, Mme Bean. Je les sens.

– Alors, empoisonnez-les, ma brave, empoisonnez-les. Vous savez où l'on met le poison.

– Oui, m'dame, dit Mabel.

Elle remonta l'escalier lentement et disparut. La porte claqua.

– Vite ! dit Maître Renard, prenez chacun une jarre et filons !

Le rat était debout sur sa haute étagère et il cria :

– Qu'est-ce que je vous avais dit ! Vous avez failli être pincés, hein ? Vous avez failli vendre la mèche ! Décampez, maintenant ! Je ne veux plus vous voir dans les parages ! C'est mon domaine !

– Toi, dit Maître Renard, tu finiras empoisonné.

– Fadaises ! dit le rat. Je la vois mettre le poison de mon perchoir. Elle ne m'aura jamais.

Maître Renard, Blaireau et le petit renardeau saisirent chacun une jarre et ils traversèrent la cave en courant.

– Salut, Rat ! lancèrent-ils en disparaissant par le trou du mur. Merci pour ce cidre délicieux !

– Voleurs ! hurlait le rat. Pilleurs ! Bandits ! Détrousseurs !

17
Le grand festin

De retour au tunnel, ils s'arrêtèrent et Maître Renard reboucha le trou du mur. Il marmonnait tout seul en remettant les briques à leur place :

– Quel cidre fabuleux ! J'en ai encore le goût à la bouche ! disait-il. Ce rat, quel effronté !

– Il a de mauvaises manières, dit Blaireau, comme tous les rats. Je n'ai jamais rencontré de rat bien élevé.

– Et il boit trop, dit Maître Renard en replaçant la dernière brique. Là, voilà. Maintenant, à la maison pour le festin !

Ils saisirent leurs jarres de cidre et partirent. Maître Renard était en tête, suivi du petit renardeau puis de Blaireau. Le long du tunnel, ils couraient... tiens, le tournant menant à l'entrepôt géant de Bunce... tiens, le poulailler numéro 1 de Boggis et puis la longue ligne droite vers l'endroit où, ils le savaient, Dame Renard les attendait.

– Continuez, mes enfants ! hurlait Maître Renard. Nous y sommes bientôt ! Pensez à ce qui nous attend, à l'autre bout ! Voilà qui devrait réconforter la pauvre Dame Renard !

Tout en courant, Maître Renard chantait une petite chanson :

De retour à mon logis
Je retrouverai ma mie !
Elle dansera partout
Dès qu'elle aura bu un coup
Un petit coup de cidre doux !

Blaireau se mit à chanter, lui aussi :

A moitié morte de faim
Dame Blaireau est mal en point !
Mais elle renaîtra tout à coup
Dès qu'elle aura bu un coup
Un petit coup de cidre doux !

Ils chantaient encore dans le dernier tournant quand ils tombèrent sur le spectacle le plus merveilleux et le plus étonnant qu'ils avaient jamais vu. Le festin venait de commencer. Une grande salle à manger avait été creusée dans la terre, et, au milieu, assis autour d'une énorme table, il n'y avait pas moins de trente animaux :

Dame Renard et les trois renardeaux.

Dame Blaireau et les quatre petits blaireaux.

Taupe, Dame Taupe et les quatre petites taupes.

Lapin, Dame Lapin et les cinq petits lapins.

Belette, Dame Belette et les six petites belettes.

Poulets, canards, oies, lard et jambons s'amoncelaient sur la table, et tous étaient en train d'attaquer ces mets délicieux.

– Mon ami, s'écria Dame Renard en

sautant au cou de Maître Renard. Nous ne pouvions plus attendre ! Pardonne-nous, je t'en prie !

Puis elle embrassa le petit renardeau. Dame Blaireau embrassa Blaireau et tout le monde s'embrassa.

Avec des cris de joie, on plaça les énormes jarres de cidre sur la table, et Maître Renard, Blaireau et le petit renardeau s'assirent avec les autres.

Vous vous rappelez sans doute qu'aucun n'avait mangé une miette depuis plusieurs jours. Ils avaient une faim de loup. Aussi pendant un moment, il n'y eut aucune conversation. On entendait seulement le bruit des dents et des mâchoires que faisaient les animaux attaquant le succulent repas.

A la fin, Blaireau se mit debout, leva son verre de cidre et s'écria :

– Un toast ! Je veux que vous vous leviez tous et que vous portiez un toast à notre cher ami qui nous a sauvé la vie aujourd'hui, Maître Renard.

– A Maître Renard ! crièrent-ils en chœur, en levant leurs verres. A Maître Renard ! Longue vie à Maître Renard !

Alors, Dame Renard se mit timidement sur ses pattes et dit :

– Je ne veux pas faire un discours. Je veux seulement dire une chose : *mon mari est fantastique*.

Tout le monde applaudit et poussa des vivats. Puis Maître Renard se leva.

– Ce repas délicieux... commença-t-il.

Dans le silence qui suivit, il eut une formidable éructation. Il y eut des rires et d'autres applaudissements.

– Ce délicieux repas, mes amis, continua-t-il, nous est gracieusement offert par

Boggis, Bunce et Bean. (Autres vivats et autres applaudissements.) Et je souhaite que vous en ayez profité tout autant que moi.

Il eut encore une colossale éructation.

– C'est meilleur dehors que dedans, dit Blaireau.

– Merci, dit Maître Renard avec un large sourire. Mais maintenant, mes amis, soyons sérieux. Songeons à demain, à après-demain et aux jours suivants. Si nous sortons, on nous tuera. Vrai ?

– Vrai ! crièrent-ils.

– On nous tuera avant que nous ayons fait un mètre, dit Blaireau.

– Ex-ac-te-ment, dit Maître Renard. Mais de toute façon, qui désire sortir ? Nous détestons l'extérieur. L'extérieur est plein d'ennemis. Nous sortons seulement parce que nous y sommes obligés, pour chercher des vivres pour nos familles. Mais à présent, mes amis, nous allons nous organiser différemment. Nous sommes à l'abri dans un tunnel qui mène aux trois meilleurs magasins du monde !

– Oui, c'est vrai, dit Blaireau, je les ai vus.

– Et vous savez ce que ça signifie ? dit Maître Renard. Ça signifie qu'aucun de nous n'aura plus besoin de sortir !

Il y eut de l'agitation et des murmures dans l'assistance.

– Donc, je vous invite tous, continua Maître Renard, à rester ici, avec moi, pour toujours.

– Pour toujours ! crièrent-ils. Mon Dieu ! C'est merveilleux !

Et Lapin dit à Dame Lapin :

– Ma chérie, pense un peu ! On ne nous tirera plus jamais dessus, de toute notre vie !

– Nous construirons un petit village souterrain, dit Maître Renard, avec des rues et des maisons de chaque côté, des maisons individuelles pour les familles Blaireau, Taupe, Lapin, Belette et Renard. Et tous les jours, j'irai faire des courses pour vous tous. Et tous les jours, nous mangerons comme des rois.

Les vivats qui suivirent ce discours durèrent plusieurs minutes.

18
Et ils attendent toujours...

Boggis, Bunce et Bean étaient assis devant le terrier du renard, à côté de leurs tentes, leurs fusils sur les genoux. Il commençait à pleuvoir. L'eau coulait goutte à goutte dans leurs cous et dans leurs souliers.

– Il ne restera plus très longtemps, maintenant, dit Boggis.

– La bête doit être affamée, dit Bunce.

– C'est vrai, dit Bean. Il va sûrement sortir d'un moment à l'autre. Tenez bien vos fusils en main.

Assis près du trou, ils attendaient que le renard sorte.

Et, autant que je sache, ils attendent toujours...

FIN

C'est au pays de Galles que **Roald Dahl** est né. Ses parents étaient norvégiens. Il grandit en Angleterre et, à l'âge de dix-huit ans, il part pour l'Afrique où il travaille dans une compagnie pétrolière. Pendant la Seconde Guerre mondiale, il est pilote de chasse de la Royal Air Force. Il se marie en 1952 et, comme le renard de l'histoire, il a quatre enfants.

Tony Ross est né à Londres en 1938 et il croit toujours aux contes de fées et au père Noël. Après ses études, il a travaillé dans la publicité, puis il est devenu professeur à l'école des Beaux-Arts de Manchester. Ses premiers livres pour enfants ont été publiés en 1973, depuis il en a fait plus de cinquante.
Pour Tony Ross les enfants sont plus importants que les hommes politiques ou les rois, et il fait de son mieux pour leur offrir des dessins qui leur plaisent. Tous sont d'accord, il y réussit !

Fantastique
Maître Renard

Supplément illustré

Test

Es-tu rusé comme Maître Renard ? Pour le savoir, choisis pour chaque question la solution que tu préfères. *(Réponses page 118.)*

1 <u>C'est la fête d'un ami et tu n'as pas acheté de cadeau</u>

▲ tu lui fais un joli dessin en l'assurant qu'il aura de la valeur plus tard

● tu lui fais un baiser en lui demandant pardon

■ tu lui promets de lui acheter un cadeau dès que possible

2 <u>Tu as oublié ton cahier de textes et tu dois faire un exercice</u>

▲ tant pis ! Tu fais toute la page d'exercices

■ tu penses que l'invention du téléphone et des amis est géniale !

● tu raconteras tout à la maîtresse demain, elle n'est pas si sévère

3 <u>Tu veux regarder la télé, mais tes parents te disent d'aller dormir</u>

▲ tu te couches et tu es bien triste

● tu laisses ta porte entrouverte

■ tu te glisses sur la pointe des pieds derrière le fauteuil de tes parents

108

4 A un goûter tu n'aimes pas le gâteau

■ tu t'assieds à côté du plus gourmand

▲ tu bavardes en mangeant le plus lentement possible

● tu avales le gâteau en espérant ne pas avoir mal au cœur

5 Tu as cassé un joli vase dans la maison

■ tu le recolles avec une colle super puissante

▲ tu caches les débris en souhaitant que personne ne le remarquera

● tu fais des économies pour en acheter un autre

6 Un matin, tu arrives en retard à l'école

● tu te mets à pleurer en disant que ce n'est pas de ta faute

▲ tu essaies de te faire le plus discret possible et tu t'assieds à ta place

■ tu mets du cambouis sur tes mains et tu dis que la chaîne de ton vélo a sauté

7 L'institutrice t'accuse d'avoir copié sur ton voisin

■ tu protestes et dis que vous avez appris la leçon ensemble

● tu dénonces ton voisin mais tu n'es pas très fier de toi

▲ tu avoues honteusement que tu as triché

109

**VA DIRECTEMENT
A LA FERME SANS
PASSER PAR
LA CASE DÉPART**

CHANCE

Malin, malin et demi

Règle du jeu

Il te faut deux jetons, un dé, une feuille de papier et un crayon pour noter les scores.
Il y a deux personnages qui s'affrontent : *Maître Renard,* qui gagne des poules, et *le fermier,* qui gagne des fusils. Lance le dé et avance du nombre de cases indiqué.
Lorsque tu tombes sur une case :

Chance : tu gagnes 2 poules ou 2 fusils.

Départ : tu gagnes 3 poules ou 3 fusils.
Si tu ne fais que passer, tu gagnes seulement 1 poule ou 1 fusil.

Renard ou **blaireau** : tu réponds aux questions A.

Fermier : tu réponds aux questions B.
Si tu réponds bien aux questions A et B tu gagnes 5 poules ou 5 fusils, si tu ne réponds pas bien tu passes 2 tours.
Une fois que toutes les questions ont été posées, le gagnant est celui qui a le plus grand nombre de poules ou de fusils.

110

CHANCE

A. Questions au sujet de Renard

1. Maître Renard s'approche des fermes sans risque d'être attrapé. Grâce à quoi ?
2. Que commande Dame Renard à son mari le soir de la fusillade ?
3. Quelle ruse imagine Maître Renard pour échapper aux pelles des fermiers ?
4. Que pense Dame Renard de son mari ?
5. Pourquoi Maître Renard croit-il avoir de braves enfants ?

B. Questions au sujet des fermiers

1. Quelles sont les bêtes que Boggis élève ?
2. Que vont imaginer les fermiers pour tuer Renard avant qu'il ne les flaire ?
3. Pourquoi Bunce a-t-il un caractère épouvantable ?
4. Après avoir creusé en vain, que décident les trois fermiers pour venir à bout de Renard ?
5. Qui est le plus intelligent des trois fermiers ?

CHANCE

(Réponses page 118.)

VA DIRECTEMENT AU TERRIER SANS PASSER PAR LA CASE DÉPART

Carte d'identité du renard

nom : Renard commun ou Goupil.
pays d'origine : Europe, Amérique du Nord et Asie.
famille : Canidés comme le loup, le chien et le chacal.

description : Poil roux, ventre et bout de la queue blancs, oreilles et pattes noires, très belle queue pouvant mesurer jusqu'à 55 cm.

mode de vie : Animal nocturne, surtout en hiver. Le renard voit très bien la nuit ; son odorat (ou flair) et son ouïe sont très développés.

situation de famille : Le renard est un animal solitaire, il ne vit avec Dame Renard que pendant la période des amours. Il la ravitaille pendant qu'elle allaite ses petits puis s'en va.

adresse : Le renard règne sur son territoire, qu'il établit dans une zone boisée mais, de plus en plus aujourd'hui, en bordure des villes. Il se creuse un terrier, ou tanière. Il marque son territoire avec son odeur.

nourriture : Mollusques, vers, campagnols, mulots, hérissons, fruits sauvages, oiseaux, œufs et le contenu des poubelles.

langage : Le renard glapit.

signe particulier : Le renard peut être porteur du virus de la rage, c'est pourquoi l'homme le chasse.

Quel étrange animal !

De quels autres animaux est-il formé ?
(Réponses page 119.)

Rébus

Que dit donc Bean ? *(Réponse page 119.)*

Renarades

- En buvant beaucoup de cidre, tu es sûr d'être mon premier.

- Renard et ses amis vivent sous mon deuxième.

- Mon troisième est le premier numéro des poulaillers de Boggis.

- Renard sait très bien creuser mon tout.

(Réponses page 119.)

Chacun chez soi

Aide les animaux à rentrer chez eux.

(Réponses page 119.)

Gîte

Tanière

Aire

Trou

Terrier

Bauge

114

Rat-sasié !

Le rat est tellement content que Renard l'ait laissé enfin seul qu'il en vient à faire des jeux de mots avec son propre nom et à imaginer des rats extraordinaires :

rat-longé   rat-bougri
rat-trapé   rat-lenti
rat-jeuni   rat-dio

Il en existe encore beaucoup, à toi de jouer !
(Tu en trouveras d'autres page 119.)

Trouve l'intrus

Dans les séries de mots suivants, un mot s'est glissé par erreur :
1. glapir, hululer, chahuter, hennir, barir
2. gîte, tanière, terrier, établi, écurie, bauge
3. marcassin, mocassin, truie, jument, laie
4. pivoine, avoine, œillet, iris, coquelicot
5. cerise, tomate, carotte, mangue, goyave
(Réponses page 119.)

Mémoirenard

Maintenant le renard n'a plus aucun secret pour toi. Tu dois pouvoir remplir la grille de mots grâce aux définitions suivantes :

1. autre nom du renard
2. qui vit la nuit
3. le loup et le chien en font aussi partie
4. hurler comme un renard
5. maladie répandue par les renards
6. synonyme d'odorat
7. qui ne vit pas en bande

(Réponses page 119.)